詠瑠

甘露というだろう

文芸社

もくじ

揺りかご

虫いじり

園庭の湿った土には　たくさんの虫たちがいる
手に取るとくるくると丸まって、毬のように固まり
離すと長く戻ってあわてて動きだす
手の中でころころころがしている間は決して動かない
　おもしろいなあ
あ　へんな虫がいる
つかんだとたん　いやーな臭い
―カメムシだ！　臭い　臭い！
誰かが騒ぐ
そうっと鼻に近づける
強烈な臭い
草の臭いだ
　やあめた

思わず土のうえに放り出すと
カメムシは大急ぎで逃げて隠れてしまった

玉子おじや

いつも母親の腕の中にいる田舎の従妹
その口の中へ　さじで吹き吹きおじやが運ばれる
裏の鶏小屋からとってきたばかりの卵がとろんと溶けて半熟だ
どんな味がするんだろう?
どうしてさっさと食べないのかなあ?
いつまでたっても減らない
とっても気になる
玉子おじや

おばあちゃんの黒髪

田舎のおばあちゃんは一日中家の周りを出たり入ったりしている
合間には暗い部屋の小さな鏡台《きょうだい》の前に座り
肩に日本てぬぐいをひろげて　小さくまとめた髷《まげ》をほどく
たっぷりと長い黒髪がその肩に広がり
みっしりと目の詰まったすき櫛《ぐし》でゆっくりとすいてゆく
時々平たい櫛に巻きついた髪を取り除きながら　ていねいに
隣にすわって私は　黙ってそれを見上げている
長い髪をくるくると元の地味な髷に結いなおして肩の手ぬぐいをしまうと
すっくと立って部屋を出るおばあちゃん
私もすっくと立ってついて出る

たいさん舞《まい》（太夫さん舞）

――たいさん舞に行こう
父ちゃんに連れられて　羽黒《はぐろ》神社へ行った
大変な人混みで　父ちゃんは肩車をしてくれた
木で組まれた高い櫓《やぐら》の上で
天狗《てんぐ》のお面をつけた白い衣装の人が
身振り　手振りも大袈裟に　何やら言っている
つけたお面で声はくぐもり　言葉がはっきりわからない
天狗衣装の下から　立派な腕時計がきらりと光る
舞台の天狗さんとそれを演じているどこかのおじさんについて　つい考えてしまう
笛や太鼓のお囃子《はやし》に合わせて登場人物がつぎつぎと入れ替わる
大暴れする八岐大蛇《やまたのおろち》
それを退治する大国主命《おおくにぬしのみこと》
よろこび　感謝する老人夫婦と娘の奇稲田姫《くしなだひめ》

最後に　にこにこお面の大黒さまが大きな袋をかついで現れた
まずは腰をおろして　ゆっくりと釣り糸を垂れるのだが
えものを逃がしてばかりいる
見物人のうちの一人が　その糸にお金を巻き付けてあげる
見事にお金を釣った大黒さまは　ほっくほっくと笑う
何人かが同じように釣り糸にお金を巻き付けてやり
釣り上げるたびに大黒様は大喜び
釣りを終えてやおら腰を払って立ち上がると
ようやく見物人に向かって　大きな袋の中の物をまく
と見せて　まく振りばかりの思わせぶり
手をさしあげ　声をあげ　拾う気満々の人たちは　空振りするたびにどっと沸く
大人も子供もたくさん拾おうと　今か今かと待っている
さんざんじらしてから　大袋の中にあった菓子や餅や硬貨をまく
櫓の下では我先に夢中になってそれを拾う
すべてまかれてすっからかんになった大きな袋を
もうないよと逆さに振って見せてから　大黒さまはにこにこと退場する
拾ったものを抱えた見物人たちも　賑やかにそれぞれの家へ戻ってゆく

サト

サトが実は　三つも年上の従妹だとわかったのは
私がずいぶん大きくなってからのこと

サトは毎日遊びに来るかと思うと
忘れた頃にひょっこり現れたりした
父も叔母も誰もが　サト　サトと呼ぶので
年下の私もサト　サトと呼んでいた
サトが来ると急に遊びが女の子っぽくなるので
私まで変わってしまう
時々遊び相手になってくれた年上のサト　さん

段々畑のコスモス

ぴー　ひょろろ
裏山のひっそりとした段々畑に
海から鳶《とんび》が舞い上がる
コスモスは景色に透けながら　あるかないかの風に揺れ
美しい汗をしたたらせる母は　畑仕事に余念がない
秋の日差しにすっかりとろけてしまった私は　夢見心地で
頼りなげなコスモスのダンスを眺めていた

下《げ》駄《た》隠《かく》し

──げぇたぁかぁくし、まないたぁ
　まないたぁのうえぇにぃ……
子供たちは履物《はきもの》の片方だけを脱いで　ずらりと一列に並べ
残った方の足でよろけながら立っている
年上の子が並んだ履物を一つずつ指しながら唄い
他の者は指が自分の履物の上を無事通過するのを　固唾《かたず》を呑んで見守っている
ゴムの短靴　下駄　つっかけ　ズック靴……大小さまざま　色とりどり
──ざんぶりこ　ざんぶり……こ！
──わー
さされた履物の主《ぬし》の落胆と　鬼になるのを免《まぬが》れた子らの歓声
鬼を残して　自分の脱いだ履物をあわてて履き直すと
神社のせまい境内《けいだい》に隠れる場所を求めてばらばらに散る
笑いながら　呼び合いながら

さあ　かくれんぼが始まった

法院《ほういん》さん

鳴滝《なるたき》神社の法院さん
はて　いつ頃から住まわれてる?
鳴滝神社には天下御免《てんかごめん》の子供らが　朝から晩まで遊んでる
——法院さんは今なあしているんだろ?
——俺が見てくる
ぬき足　さし足　しのび足…
——ご飯食べてたあ!
静かな笑顔の法院さん
騒ぐ子ら決して叱らない
大人は恐縮《きょうしゅく》するばかり

月日もいつしか過ぎゆけば
子供の影は見当たらず

法院さんもおられない
鳴滝神社はしんとして
元の無人になりました

一番星

――一番星見いつけたあ！
我先に言ってから　笑いあう
家路に向かう夕まぐれ
遅くなったあせりと　たっぷり遊んだ満足感とで
急ぐ足には力がこもる
――ただいまあ
がらがらぴしゃりと戸を閉めて
さて　誰が一番先に家に入ったかな？
そこまで競《きそ》っていた　幼い日

お姫さまごっこ

――お姫さまごっこしょ？
お姫さまはいつもさっちゃん
悪ものがさっちゃんをさらいに来る
信夫くんが侍《さむらい》になって　さらわれたお姫さまを助けだす
私ととしこちゃんはいつも侍女《じじょ》役
時には敵《かたき》役
何回繰り返しても変わらない役回り

――お姫さまごっこしょ？
と信夫くん
――へえ　しね
と私
――どして？

――お姫さまになれねすけ
――してやる　してやる　ぜってえしてやる　この次
そう言われて　しぶしぶまた侍女をやるのだが
結局　一度もなれなかった
お姫さま

落とし穴

浜を歩いていると　私を呼ぶ声がする
行ってみると
——ここに上がって
一つ年上のみいちゃんが言う
言われるままに両足をのせると
ずぶ　ずぶ　ずぶ……
——わあー
私の足は砂に埋もれ
歓声があがる

——どうしてくれるんだ　こんげにして
これ作るのてえへんだったんだよお
打って変わったみいちゃんの怖い顔

――そうだ　そうだ　掘るのが大変だった
――しんぶん紙代が大変なんだ
――萱棒《かやぼう》が折れたじゃねえか
みんなが一斉に責めたてる

ここで初めて　落とし穴にはまったらしいと気がつく
砂から足をひきぬいて
ぼんやりと　私が壊したという跡を見る
落ちたショックよりも　なりやまぬ意地悪な声が突き刺さる
どうしていいのかかいもく見当もつかず
罵る声を後に　のろのろと家へ帰り始めると
次の仕掛けにとりかかる　ひそひそ声が聞えてきた

財布

ごそごそ
母はお金を出すときは
二階へ上がって箪笥《たんす》の引き出しを開ける
高い引き出しの奥の下の方から黒いフェルトの袋を大事そうに引っ張り出して
必要なだけお金を抜くとまたきちんと戻して閉める
私はいつもお金が欲しい
買いたいお菓子や　引きたい籤《くじ》で頭がいっぱい
でもお金はやたらとはもらえない

一人で二階で遊んでいたある日
ふと思いついて　引き出しを開けてみた
背伸びをして手をつっこむと　指がフェルトの袋に当たった
そっと引っ張り出して開けてみると　お札《さつ》がいっぱい！

こんなにいっぱいあるんだもの　一枚くらいいいだろう
お札をもって　はずんで近所の店へ入る
――ごめんくださあい！
驚いたのは店屋のばあさん
――おや　子供がこんげの札持ってきてえ……
一目散に我が家へ走りこむ
さあ　それからが大騒動

大人たちのあまりの剣幕に驚いてしまって
とんでもないことをしてしまったのだと初めて気がついた

コスモスⅠ

コスモスがゆれる
涼風《りょうふう》がわたる
うら山のしずまりかえった段々畑で
母は畑仕事に余念がない
――ぴー　ひょろろろ
突然鳶《とんび》が海から舞い上がり
山々にこだまして
すぐにもとの静けさになる
規則正しい鍬《くわ》の音
荒い息
ふき出す汗
いつ終わるともない畑仕事に
今日も母は没頭する

笹団子

黒い大きな木のこね鉢《ばち》を囲んだ婆ちゃん　母　私と妹
こね鉢に白い米の粉をさらさらと入れて
やかんの口からお湯を　そろうり　どくどく入れると
――さあこねるど
婆ちゃんの号令がかかる
――あっちぇ！
――あちぇえねけばようできね
婆ちゃんは構わず粉をこねていく
こねてちぎって丸めた団子を平たく伸ばすと
昨日一日かけて煮上げた　ぴかぴか餡子《あんこ》を入れて包《くる》む
餡子の入った団子を今度は笹を数枚使って包み菅《すげ》で結ぶ
笹も菅も山のもの
上手に包むは大仕事

私が悪戦苦闘してる間に
どんどん積まれてゆく笹団子

さて　お次は三角粽《ちまき》だ
一枚の笹の葉を丸めて三角にしたら
研いで浸しておいたもち米を　盃《さかずき》で一杯分入れて蓋をするように包み込む
菅でしばって　はさみでチョキン
三角包みはたいへんだ

団子も粽もそれぞれ十《とお》ずつ束ね　ぐらぐらと煮立った釜に入れる
釜は怒って　大きな下駄のような重たい蓋を　ガタガタガタと持ち上げては湯をとばす

はやく食べたい笹団子
じっと釜ばかりを見つめる

――どれ　そろそろできたかや
婆ちゃんはようやく立ち上がると

太くてながーい菜箸《さいばし》で　結んだ菅をすくい上げてざるに取る
ふけ具合を見ている
――うん　もういいだろう
どっさりできた笹団子
竿《さお》にかけてぶら下げると　しばらくは雫が下に落ちている

さあ　これからは
毎日毎食笹団子　ご飯もおやつも笹団子
食べたくなったら　竿からぷちん
待ち遠しいのは
六月のお祭りと　笹団子

着物

——さあ　行こう
母に着物を着せてもらって
私と妹の支度《したく》が終わった
皆で祭りにくり出そうとすると
——きものォ　きものォ
下の弟がぐずる
—赤いの着るゥ
泣きじゃくって　誰の言葉にも耳を貸さない
困った母は　浴衣を出して　緑の三尺《さんじゃく》をしめてやる
すると弟はニッコニコ
やっとこれで行けると　一同　胸をなでおろす
シャツに半ズボン姿の上の弟
浴衣のちびっこ

おたもとの姉妹
よそ行きの　そう祖父母と父母
そろって　祭りの夜にくり出した

てん突き

――てん突くどう
浜で拾って干しておいた天草《てんぐさ》を
母はきれいに洗って　鍋でぐつぐつと煮る
それを濾《こ》して　四角いバットに流して固め　長方形に切る
このところてんが　水を張ったバケツにぷかぷかと浮かんでいる

どたばたと　母の周りにくっつきあってしゃがみこんだ子供たち
真剣な目が母の手元を見つめる
てんはすくわれ
てん突きに入れられ
てん突き棒で押し出される
グニュ
透明なところてんの滝

母がてん突きの出口にひとさし指を当てて軽く引くと
てん突きの出口でくっついたままだったところてんの滝が
見事に皿の中に収まる
――おおー
湧き起こる感嘆と賞讃の声
――もっともっと…
酢醤油がかけられ箸が回される
――一本だけ使うんだど
――うん　ほら箸　一本だけだてよ
――なして一本？
――てんは一本で食べるもんだ
――ふうん…
――ズーッ　ああ　冷てえ
――ごほ　ごほ
思わず酢にむせかえる
――おかわり！

お墓

甲高い笑い声を残して　祖父は墓場へと消えて行った
——いーっひっひっひっ…

山ほどのお土産をぶら下げて　今日出稼ぎ先から戻ってきたばかりの祖父
夜になると　親戚の店屋まで孫たちを引き連れて行き
好きなものを選ばせて買ってくれた
買ってもらった物を抱えて祖父の後ろをはずんで帰る夜道
自宅を過ぎたのに祖父は家には入らず　ずんずん先へ進んで行く
孫たちはあわてて追いかける
すると彼は急にスピードをあげ　とうとう走り出す
おまけに道から外れて山の墓地の坂を登りはじめた
一生懸命追いかけてついてきた孫たちは
歳の小さい順に追うのを諦めて家に戻った

最後まで追っていた私も怖くなって家へ帰ることにした

お墓へ登って行った祖父のことなどすっかり忘れて
買ってもらったおもちゃで遊んでいると
祖父はずいぶん経ってからなにくわぬ顔で戻ってきた
お墓の道を迂回して近くの親戚へでも寄ってきたらしい
余計なことは一切口にしない祖父に　孫たちは慣れている
お構いなしに遊びほうけていた

雲とたばこ

すき間なくくっつき合った家並みの所々に　浜へ通じる小路《こうじ》がある
その狭《せば》められた細長い空で
風に吹かれた白い雲が
みるみる薄っぺらになり
流れてとうとう消えてなくなってしまった
――うわー
家に戻るなり父に教えてあげる
――のり子はおっきいことに気がつくんだなあ……
え、そうかなあ……
――父ちゃんの鼻の穴からたばこの煙が流れてる
すかさず妹が言う
――みつえはちっちぇえことに気がつくんだなあ
父は愉快そうに笑った

雪

音もなく天空から舞い降りて
しんしんと夜をこめて積もる雪
目覚めた朝のまぶしさと驚きと……
寒さも忘れて登校した校庭はこんもりと一面の雪布団
――わー
　ばさり　ばさり
ランドセルのまま両手をひろげて　背中から後ろへ倒れこむ
雪の布団にたくさんの大の字の跡がつく
今日の授業は雪合戦だ

下校してからも忙しい
雪を投げあう笑い声　あちらこちらの雪だるま
　シャー

軒下《のきした》に雪ですべり台を作って繰り返しすべる音が
外はもうまっ暗なのに　まだ止まない

街並み

海岸沿いに山が迫り
海と山に挟まれたわずかな低地の　細長い一本の道の両側に
びっしりと家が立ち並んでいる
口の悪い　他所から来た教師が　ふんどし町だと言って笑っていた
急な裏山へ登ると畑があり　一面の海が見渡せる
藪を崖ぎりぎりまで分け入り　足を踏ん張って身をのりだすと
眼下に街並みが現れた
――あ　あれが家の裏側だ
たった一本の道を挟む　瓦やトタンや木羽葺《こばぶ》きなどのいろいろな屋根の群れ
狭い軒下をバスが走り　人が歩き　自転車を止めて話などしている
あ　子供が家から飛び出してきた
帯のような道のあちらこちらで　蟻《あり》のようにうごめいている人たち
いろいろな音がとぎれとぎれに上がってくる

かと思うと　まとまってごうごうとうねりのぼってくる
私はいつもあの中にいるのだ
でも　今はこうして独りでみんなを見ている
そして　誰もそれに気づいていない
ふふふふふ……とっても愉快
もし　私が忍者だったら　絶対ここに一日中いようっと
町に忍び込もうとする不審者がいたら　みんなに知らせてあげるんだ
しかし　それには一日中座る場所が必要だなあ……

ぴー　ひょろろろろ
海から上がってきた鳶《とんび》が　私の上をゆったりと旋回する

何色

なあ　夢て何色？
色なんてついてねえいや
ええ？　ついているよ
ねえね　白黒
ついていたんじゃねっかなあ？
ついてね　ついてね

おうい　夢て色ついているかあ？
うーん　ついているよね
そうだよな　ついているよな　どんげな色？
多分　カラー
ええ？　カラー？
だったんじゃねえかなあ……

オール天然カラーじゃねかったかもしれねども
いっつもカラー？
そういえば白黒の日もあったかもしれね
うわあー

ねえね　夢は白黒？　カラー？

あさ　教室に入ってくる子をつかまえては聞いている

ミイラ

――なあ　ミイラて知ってるかあ?
――ううん
雨上がりの下校の道で
前を歩いていた同級生が一緒に歩く下級生に話しかけている
――こうやって…
持っていた傘で地面に二本の棒を引き
その中に丸いぼつぼつをたくさん描きこむ
――こうなっているんだいや
――ふうん……
二人の後ろから思わず私ものぞきこみ
顔をあげた同級生と目があう
彼女は息を呑むなり
ものも言わずに目の前の自宅へ逃げこんだ

七歳で私はミイラだった
虫に刺された足におできができ
あっという間に両下肢じゅうに広まった
医者はどんどん薬を強くして　包帯でぐるぐると巻いたが
効き目はなくて　痒さで気が狂いそうな毎日だった

ちょうどその頃だ　テレビで「恐怖のミイラ」という番組が始まったのは
暗闇の画面で「ギー」という鈍い音がして
棺の蓋がひとりでに開き
全身包帯姿のミイラが起き上がって　棺から出て　歩きまわる
耳をつんざく逃げ惑う人々の絶望的な悲鳴

——わー　ミイラだ！
——ミイラが来た　逃げろ！
包帯姿の私を見ると　みんなは　はしゃいで逃げ回る
子供たちは執拗《しつよう》だ

治療でよく学校を休み
私はとうとう独りぼっちになってしまった
学校じゅうが敵
長い　諦めにも似た気分で過ごした　孤独と痒みの日々

それでも　やがて包帯は取れて　たくさんのおできの痕が残った
ただのパニックを映しただけの番組も終了した
子供たちのミイラゲームの熱病が薄れ
たったそれだけのことで穏やかに過ごすことができ
有頂天《うちょうてん》になれた頃のことだった

……静かに続く執拗な悪意……
ガッツン！
その日の帰り道にまた元の奈落《ならく》へつき落とされていった

いかれてる

弱いものいじめが流行っていた
休み時間になるといじめっ子たちが集団で弱気な同級生に襲いかかる
女子は言葉を使って相手を泣かす
もはや弱い者ではなくなっていた私は
すぐに泣き出す無口な少女たちを黙って見すごすことができなくて
必死で庇《かば》った
すると　手強《てごわ》くなったのにファイトを燃やして　余計相手たちも加熱する
私は独りでカッカして　便所に行く暇もない
三時間目の授業中になると　もう　我慢ができなくなる
――先生　便所に行っていいですか
とうとう日課になってしまう
――おまえはいかれてるんだていや
先生がそういっていたいや

ひとりの男子がなじる
私が便所に行ってる間に　みんなで笑っていたのか……
……自分が悪いとはわかっていた
……でも　どうしようもなかった
それでも　気の弱い仲間を守りたい気持ちしか頭になくて
やっぱり　休み時間に用をたすのを忘れてしまう

助けてくれとは思わないが
せめてわかってほしかったなどと
先生が恨めしくてならなかった

音楽室

遊び相手がいなくて　ふらりと入った　昼なお暗い音楽室
オルガンの蓋を開けて　ペダルを踏む
鍵盤《けんばん》にでたらめに指をのせて　和音を増やし　右太ももでレバーを広げる
淋しい音だ
誰にも聞こえまい
どんなにペダルを踏み込んでも　その音は自分にしか響かない
心の中ではこんなに思いが溢れているのに
人には知られず…
自分でも漠《ばく》としてとらえがたく……
それでも不思議と心は落ち着いてゆく
オルガンは私を慰めてくれる

向かいの給食室ではおばさんたちがおしゃべりをしながら働いていた

秘密

秘密は草藪の中に……
友達と遊ぶのに夢中になって　とうとう漏らしてしまった
それでもそのまま遊び続けていたけれど
だんだん冷たくなって我慢できなくなり
草藪の中に脱ぎ捨てた〝のりこ〟と書かれたパンツ
すっきりとしてスカートだけのままで遊び続けた
夜　布団の中で　ああ楽しかったなとつぶやいて
ふと思い出した　あのパンツ
誰かが見つけるかもしれない
見つからないといいんだけれども……
まずい　まずいと思いながらも
眠りの中へとろけこんでゆく

津波

ポンと飛び乗った跳び箱が大きく傾いた

新潟地震は小五の昼休みだった
児童たちは校庭に集められ　地区ごとに整列させられた
そのまま待たされたが　先生方の次の指示はいつまでも決まらず
最後には　頭を守ってそれぞれが集団下校をさせられた

母は　ランドセルに大事なものだけを詰めて早く逃げろと言った
――母ちゃんは？
――爺ちゃんとここにいる
――母ちゃん逃げねえの？
――いざとなったら消防団の人が爺ちゃんを運んでくれるすけ
　そしたら一緒に逃げることになってる

祖父はずっと寝たきりだった
父は会社だ

兄弟四人だけで避難はしたが
あちらこちらで　今に津波が来ると言っている
母ちゃんはどうなるんだろう？
ああ父ちゃん……

目の前の海水が沖の佐渡をめがけて引き
海底はとつぜんの干潟になって
おいてきぼりにされた魚たちが　泥底で跳ねるたびにきらきらと光る
海の激変を近所の人たちと　逃げた裏山で固唾《かたず》を呑んで見守る

さいわい　津波はやってこなかった
海水は徐々に戻っていつもの海になってくれ
いつもと変わらぬ日々が続いた

しかし
毎晩　夢の中では
知らぬ間に海がふくれて浜を呑みこみ
小路を伝って道まであふれだす
息を呑むだけで
逃げる間もなく
ただじっとその場で立ちつくす

としこちゃん

ひまわりが咲いていた
海は終日光っていた
薄暗いとし子ちゃん家《ち》で『少女フレンド』を読み耽《ふけ》っていた
気がつけばすっかり夕暮れ
――おじゃましました
慌てて　三和土《たたき》にサンダルを履きに降りると
――わん　わん　わん
――こら！
私は震えあがり　犬は家族に叱られる
としこちゃん家でこの黒い犬だけはどうも苦手だ
出入りのたびに犬の様子を探らなければならない
明日もきっととしこちゃんと遊ぶだろう

午前中は一緒に海に入ろう
午後は何をしようかな……

蛹《さなぎ》

自転車

夏休みに入った
ちょうどバスの定期が切れたので　駅まで自転車で行くことにした
しかし　山道にさしかかるともう後悔を始めていた
汗だくになって駅にたどり着き
ふらつく足で列車に乗ると　まずはほっとした

部活を終えて列車から降りると　外はもう真っ暗
バスはエンジンをかけたまま駅の停車場で待っていたが
――しまった　きょうは自転車で来ているんだった
うっかり乗り込むわけにはいかない
――いや　待てよ　そうか
上手くゆけば父が反対の列車に乗ってくる頃だ

バスを見送り　バイク置き場で待っていると
父は現れたが　バイクの後ろには乗せてくれず
――せば　自転車で帰れや
そう言って　さっさと行ってしまった
こんなはずではなかった
仕方がなく　誰もいなくなった駅前から独り自転車に乗る

昼の暑さはどこへやら
外気はひんやりとして　辺りは虫の声ばかり
駅前を過ぎるとすぐに民家は途絶え　田や畑や雑木林になる
こんな漆黒の闇の中でひょっこり何かに出くわしでもしたら……
全身に覆い被さってくる恐怖に負けじと
わざと乱暴に声を張り上げて　父を罵《ののし》る
――昼と夜とではこれほど景色が変わるのか……
バスで通っていた時にはまるで気にならなかった夜の山道を　びくびくしっぱなしで登り
ぴりぴり緊張したまま　くねくねと曲がるゆるやかな細道をしばらく下る
ようやく遠くにポツリ　ポツリと灯りを認めると

狂喜
感動
安堵
——ああ　怖かった　怖かった……

クリスマス・イブ

親に無理を言って下宿をさせてもらった
そしていつしかクリスマス・イブ
いつもの台所で夕食をいただいてから　何もない　机と布団だけの部屋に戻る
やりたいことがあって　すぐには実家に戻らなかったのだが
こうして休みに独りで部屋にいると　何となくしんみりとしてしまう
昼間は　ああして　こうしてとせわしなく思っていたのに
夜になると　さっさと帰ればよかった　何をまごまごしていたのだろうと後悔をしている

コンコン
（おや？）
ドアの外に下宿の坊や
――これ食べてって
皿の上に一切れのケーキ

――…　ありがとう
少年は皿を渡すと　足どりも軽く行ってしまった
――家主のみなさんにまで気を遣わせてしまって
そして　そういうことにも気が回らなかった
いつものことではあるけれど……

ごめんなさい
ありがとう

さっきまでのひがみ根性が恥ずかしくて　情けない
クリスマスには逆らえない
大きな　大きな力がある

そのまま行って

――私　お姉さんがそのまま行ってしまうような気がする
――え？
――きっと黙って　そのまま帰ってしまうよ
――なんで？
――そんな気がする
――まさか　まだ帰らないよ
――ううん　そんな気がするの　今お姉さんはそう思っていなくても
――黙って帰るわけがないじゃない
夏休みのアルバイト先で知り合った少女は私をお姉さんと呼ぶ
彼女の視力はとても弱い
先にバイトを終わらせていた私は　ぐずぐずと残って逗留《とうりゅう》を続けていたのだが
数日後に思いがけず車で東京へ行く人が現れて　送ってもらうことになった
気がついたら

さよならも言わずに
私はそのまま行ってしまっていた

恋Ⅰ

友人のアパートの部屋で
その人と　ひっそりと息をひそめて
それぞれの片思いの人の到着を待っていた
たまたま私が先に到着したので
いたずら好きのその人が
もうすぐやってくる二人を驚かそうと言い出し
炬燵《こたつ》で目と目を見合わせながら　今か今かと息をこらして

(どうして私はあの人がこんなに好きなのだろう?
この人だってやっぱり彼女をとっても好きなんだわ
でも　今　ここにこうしている私たちは
どうして好き同士にならなかったのかしら?)

——もうやめよう
その人が口を開いて
私たちはまた元通りのとりとめもない会話を始めた

炬燵

炬燵の中に三人
どうしてそうなっちゃったのか……

私のバイト先にあの人が来てくれて
しばらくすると　演劇仲間の一人もやってきた
二人とも帰ると言わず
とうとう電車もなくなり
タクシーで三人一緒に　異性など招いたこともない私の部屋に
一晩　小さな炬燵の中で過ごすことになるとは……

朝　いつもの駅に見慣れぬ二人の男
――じゃあお元気で
――ああ　またね

その人の後ろ姿にとっても未練があったのに
いつのまにか私は　もう一人の人と付き合うことになってしまった

恋Ⅱ

誰かを愛したくて堪らなかったのかもしれない
男は欲望をたぎらせ
女はのめり込む
男は心を縛られまいと努めるが
女は深く満たされたいと望む
互いに己が崩れてゆく姿に驚き
呆れ
流され
溺れ
それでも抵抗しようと試みる

始まりの喜び
その後から追いかけてくる寂しさ

希望と落胆
勇気と放心
激情のるつぼにのみこまれる
ばかり

愛してちょうだい
もっとしっかりと　受けとめて　私だけを

なぜか言葉にできない熱い塊
胸塞がれて　涙ばかりが溢れ出る

男は戸惑い
女は手ごたえのない不確かさに絶望する
こんなにも孤独なのなら　もう満たされようと思うのはやめよう

未熟な恋の甘酸っぱい思い出

あなたの目が（青春）

あなたの目が優しく光っていた時
それをとらえる一瞬が私は好きだった
するとあなたはすぐに目をそらし
何気ない方を向いて歯でハミングをする
口びるを開いたままの　おどけた　あなただけのハミング
でも　あなたの目は楽しそう
まるで　優しく通り過ぎる風のよう

あなたの目が優しく光っていた時
あなたの声は明るく　大らかに響いていた
私は目を閉じて
椅子の背から振動してくる心地よい響きにうっとりとした

あなたの目が優しく光っていた時
私はあなたを激しく求め
あなたは拒みもせず
求めもせず
大風のように私の目の前にただゆったりとたゆとうただけだった

あなたの目が……

でも
今ならはっきりとわかる
あなたは私を受け入れていた
手の中のガラス細工を　支えるように　そうっと……
あなたの目が　優しく光っていた時
あなたは　私を　大切にしてくれていたと

雛を得て

まどろみ

親指を　くわえたままで眠りに落ちて
ずり落ちそうになると
あわててまた吸いこむ

この昼下がりを
あこは底なし淵を　浮きつ沈みつ
まどろむ

すみれ

街路樹の足もとで
ひょろひょろと伸びすぎた　色とりどりのすみれ花
枯れ葉や捨てられた空き缶を頭にのせたまま
急ぎ足で通り過ぎる人々のあちらこちらへお辞儀をしている
母親の手を振りほどいて坊やがのぞき込む

――きれいだね　お花さん
――あら　ありがとう　かわいい坊や
黙ったままで話している
――そうね　ほんとね　きれいだね
坊やの耳もとで　母親がつぶやく

あこ

あこよ　あこ
いとおしく　時にうとましい
……あこ

われら生き物なれば
子を産み育て　ついには喰らわれん

だから
振り返らずに
ただひたすらに進むのだ
より上等の糧になるために
あこ

いない

――ひろー
――ひろちゃーん
兄のそばにくっついてヨチヨチと歩きまわっていたひろしの姿が見えない
――ひろしは?
――え? 知らない
さあたいへん 血相《けっそう》変えて捜し始める
なにしろ帰省した家の前は一面の海
まさか……
でも砂浜にはひとっ子ひとりいないし
じゃ どこへ?
どうしよう なにかあったら どうしよう
ひろし 出ておいで
はやく返事して

なに　いつものようにぴょこぴょこ駆けてくるさ
そう思いこもうとしても　最悪のことばかり考えてしまう
手分けして近所の家をたずね歩く
——お母さん　ひろしいたよ！
長男の声にホッとして腰が抜けそうになる

キャンプ

一泊二日のキャンプを終えて　無事　保育園の玄関先に戻ると
子供たちは疲れも見せずに駐車場をかけずりまわる
車に乗らない息子に　夫のいらいらは募るばかりで
逆上《ぎゃくじょう》されると困るので　ひと足先に帰ってくれと頼むと
彼は　乱暴にエンジンをふかして発進しようとする
驚いた保母と親たちが　一斉に息子の名を呼び
息子はころげるように車に乗りこむ

翌朝登園すると　保母さんたちが聞いてくる
――みんな　不思議がっていたんだけれど
お父さんは　行くふりをしただけなんでしょう?
キャンプであんなに頑張ってくれた一番人気のお父さんが
まさかあんなことするはずないものねえ?

私は困って　あいまいに返事をする
「夫は我慢のできない人なんです」
と言ったところで　とても信じてはもらえまい

バレンタインチョコⅠ

バレンタインチョコ　誰からもらうの？
お母さん
お母さんはお父さんにしかあげない
だめだめ　ぜったいもらう
だって　お母さんは　ひろちゃんと結婚できないよ
それでも　もらう
ひろちゃん　誰かから　もらえるかもしれない
いらない　お母さんいがいはもらっても返す
どうして？
だって　あとでお返ししなきゃいけないんだもん
　損するからいやだ
あら　お母さんにはお返ししてくれないの？
しなくていいの

お返しほしいな
いやだ　ぜったいいやだ
どうして？
だって
　めんどくさい！

バレンタインチョコⅡ

――もらったよ
チョコレートをほおばりながら帰ってきた
――誰から？
――それは言いたくない
　言わなくていいんでしょ？
――見せて
――食べた
――じゃ　しょうこがないんだ
――しょうこがなくちゃ信じてもらえないんなら
　もらわなかったことにするよ
――お兄ちゃあん　チョコもらったあ？
――あ……うん

――え　ひとつも？
――うん
――ふつう　一つくらいもらえるよ
ねえ　お母さん

ほっぺに

朝
布団の中でいつまでもぐずぐずしている子のほっぺに
チュッ　としたら
軽い反撃パンチ

夕方
「ただいま」って帰ってきたのに
テレビゲームに夢中で返事もしてくれない
私もずいぶん　ひまになったものだ

風邪《かぜ》

昨日は熱にうなされて　もうだめかなと思ったのだが
今日は頭痛をがまんしながらも　食器が洗える

――ねえ　お母さん
子供が甘えてくる
一昨日　私が布団の中でご飯を食べさせて看病をした
熱の下がったばかりのこの子が
昨日の私と夫に麦茶を呑ませ　氷枕をつくってくれた

あおい顔を二つ並べて
元気な日々にすっかりためこんだおしゃべりをする

歌

え？　しょんぼりなんかしていませんよ
ちょっと　思い出していただけ
ほら　あのメロディー
今はもう　誰も唄わなくなった　あの歌を
楽しかった日々に　たくさん唄ったあの歌は
のびのびと育ててくれた　大人たちからの贈り物

今　巷では
言葉遊びの恋の歌
賑やかで忙しいラップやダンス

しなやかで　のびやかな声はどこにも聞かれない
便利でいそがしい生活に疲れて

夕べには　呆けたようにテレビだけががなる
この子らが懐かしがるのはどんな歌？
私らが残したのは何の歌？

野球選手

――ぼく　プロ野球の選手になる
――そう　がんばってね
――うん
――お父さん　ぼくはプロ野球の選手になる
――すごいなあ
――うん
頭のなかで投げる球は
しっかりとストライクゾーンに入る剛速球
どんなボールも見事にキャッチ
バットを振れば場外ホームランで
湧き上がる大歓声をうけとめる
うっとりと空想しながら投げるボールの行方は知れず

ポロリと落とすキャッチボール

――岡田くん　将来何になるの？
――プロ野球の選手
――無理　無理
――どうして？
――そんなに簡単になれないよ
――どうして　ねえどうして？
――なれるはずないじゃん　ぜったいに無理
――なんでだよう！

体重

高血圧・高脂肪・脂肪肝・高コレステロール・高尿酸……
四十代半ば　体重七十三キロの夫は健康診断を受けると
とりあえず体重を六十一キロまで落とせと言われて驚愕《きょうがく》した
長い間　頑なに検診を拒み続けてきたのだが
この半年間は無事禁煙に成功をしたので　それで挑み
心配していた肺の指摘はなかったものの
脳卒中・心臓病・糖尿病・痛風などのリスクだらけで
毎日体重計に乗るハメになった

――六十一キロは無理だよなあ
ガリガリに痩せていた中学時代だって六十八キロあったんだぜ
見ただろう　中学時代の裸の写真？
ご自慢の筋肉モリモリで　贅肉《ぜいにく》はないけれども痩せてはいない古い写真

そこで　同じ体質でもっと太っている母親が口をはさむ
――そうだよ　私らだって医者に行くたびに「痩せろ、痩せろ」って言われるけど
これ以上痩せちゃっちゃあ　みすぼらしくて……
そうじゃなくても皆に「もう、そんなにやせなくてもいいよ」って言われてるのにさあ……

――標準体重と健康体重は違うんだって
――そうだろう！
私の助け舟にふたりは声を合わせる
――骨の重さとか　骨格とか体質もあるし　それをいちがいに……
――そうだよ　この私がこれ以上痩せてごらん
頬がげっそりこけて　目が窪んで
それでふらふらと歩きまわっていたら　嫌だろ　おまえら
あっははは
――いやあ　お袋の場合はそうじゃないよもうちょっと……
――いやいや……

夕食はすっかり盛りあがっていた

小四の次男が元気よく言う
――そうだよ　僕だって決して肥《ふと》っている方じゃないよねえ
――いやあ　ひろしくんは決して痩せてはいないよ
痩せぎみの長男がちゃかす
みんなが同意する
身長一四九センチ体重四九キロ　厚い胸板　盛り上がった尻
すでに中学生と言っても通じるほどがっしりとしている
みんなは可愛い末っ子の体型をやんわりとからかいはじめる
――でも　ローレル指数は普通だよ
母親が庇う

夕食も終わりに近づいて
――どうした　ひろし？
ひろしは茶わんと箸をにぎりしめたまま動かない
――なんだよ　せっかく楽しく食ってんのに
目から今にも涙がこぼれ落ちそうだ
――泣くな！

父親の叱責にひろしは息をつめる
――あれ　さっきまで笑っていたのに、どうしたの？
鈍感な長男もようやく気が付く
みんなは慌ててひろしのご機嫌をとりだす

（あ　そうか　体重のことからかわれたと思ったのね）
姑と次男の身長はほぼ同じ
体重が六十キロでもいいと言い張る姑に対して
自分は十一キロも少ないのだから
当然痩せていると彼は自信を持って言ったのに
太っていると言われてとうてい納得できなかったのだろう

おおみそか

——ねえお母さん　風呂入ろう　早くう
根が生えたようにテレビにしがみついていると思っていた次男がせきたてる
——今の女の人って　金のためならなんでもするんだね
湯船の中で珍しく暗い顔をしている
——今の女の人全部がそうじゃないでしょう？
そういう人もいるけど　少ないよ　そうじゃない人がほとんどだよ
どうしたの？
——でもさ　そうだけどさ　知ってるよ　少ないのは
だけどさ　テレビであんな変なことするんだもの
——どんな？
——はずかしくて　とても言えない！
——だってテレビでやってたんじゃ　みんなが見てたわけじゃない

——それだって僕の口からは言えない！
聞きだそうとする私にまで腹を立てだす

仕方がない
——結婚するときはよく用心して選ぶのよ
——うん　もちろん　ぜったいに
息子を湯船においたまま　私は洗い場に移る
——お父さんはよくお母さんを選んだよ
——あら　お母さんそんなにいい奥さん？
——ん？　…まあね　すくなくとも金のためには動かないよ
　ま　だれ誰でも金のために働いているんだけれどね
おやおや　この子の兄がこんな大人っぽい言い回しを一遍でもしたことがあっただろうか

テレビっ子で　ミステリー・トレンディー・お笑い・時代劇
なんでも来いのませ餓鬼だとばかり思っていたのに
おおみそかの裏番組を見て傷ついた
フィクションと現実の違いがわかっているようだ

ろくに体もあらわずに彼はさっさとあがってしまい
あがってからも「俺いやだなあ」を繰り返している
――そんなに嫌なら応接間に行かずにお婆ちゃんの所へ行けばいいじゃない
紅白やっているから
――紅白はだいじょうぶなの？
――絶対だいじょうぶ　そんなこと一つもないから
――ほんとう？　じゃ、俺　紅白でも観っかあ！
飛ぶようにして祖母の部屋に入る

風呂からあがった私は応接間の夫と長男に意見をする
――なにをやってたの？　ダメじゃないの
ひろしすっかり傷ついて　言いたくないって言ってたよ
――え？　ああ　野球拳だよ
あれ　あいつ今まで見てたのに……
わからねえかなあ　この酒落《しゃれ》が……
寝そべったまま夫が応える

——超かわいい！
長男が奇声をあげる
——とにかく気をつけてやってよ　まだ小さいんだから
——ひろしー　ひろしー
——ダメ　呼ばないで
——大丈夫だよ　じゃ　ほら　消したよ　ひろしー
——いいから放っておいて！
一九九三年もあと数時間で終わりである

小言（年末）

換気扇を掃除している最中に長男がラーメンを食べたいと言う
――じゃあ　自分で作ってよ
――うん
――あれ　一人分だけ？　みんなのも作ってよ
――そうだね
たっぷりの湯の中に冷凍庫からいろいろな物を出して放り込む
――できたよ
――ありがとう
一・五人前の麺の上に鶏肉の大きな塊三個
もっと大きな豚の塊が数えきれぬほど
それに牡蠣が三個と生卵一個
――野菜は？
言わない方が良いと頭の片隅で声がしているのに

私は猛烈に文句を言う
――バランスが悪い
　肉があるからってやたらと使わないで
　みんな病気だし　あんただって太りすぎなんだから……
姑はさっさと食べて別の部屋に入ってしまう

それにしても　私は何でこんなに怒るのだろう
姑が同じことをしても
嫌だと思いつつも
――すいません　おいしかったです　助かったわ
などと平然と言えるのに……
これじゃ　夫と同じだ
ただ注意だけすればいいのに感情が先走る

お金がない　けちけちしなければ……
いつも心にぎゅっと紐を結んで　歯をくいしばっている
一日一日が大変で　明日のことなど考えたくもない

夫も子供も姑も呑気で　脚をひっぱるばかりだから
一人で　何もかも放り出したい心と毎日格闘している
年末ともなれば　ない金持って競馬に行く夫が何時にも増して恨めしい
その夫に昨日もさんざん詰《なじ》られた
夫は仕事が嫌いなのだ　やりたくない心が小言を言わせる
そうして私がまたこうして長男に……

この子に　今までどれほど八つ当たりをしてきたのだろう
私は小言を言いながら　どんどん落ち込んで　気分が悪くなってゆく

えらい

公開模試がもどされた
その結果を見て
愛する息子の言うことには
――合格の可能性三〇パーセントってことは
　三回受ければ一回は受かるってことだよ
――え？
絶句……
……あんたはえらい

坂道

国道を横ぎると細い下り坂
自転車の後ろ座席で小さなピンクのレインコートが秋風に翻る
――うわー　ひゅー　あ・あ・あああー
曇天《どんてん》のよどんだ空気を　幼い喜びの声がつき抜ける

ちりんちりん　坂道ですよ

あっという間に通り過ぎた無邪気な余韻
私はその母親がちょっぴり羨ましくなる

硬直《こうちょく》した背中

ばたり
どこかでにぶい大きな音がしたので
車に乗ろうと持ち上げた足をまた降ろす

向こう側の歩道で　子供が腹ばいになったままで泣いている
ベビーカーを握った女が脇にもう一人の幼女を連れて　じっとそれを見下ろしている
腹ばいのまま泣き続ける子供
ぴくりとも動かない女
戸惑って母親を見上げる脇の幼女

やがて子供は泣きやみ　私は車を発進させる
硬直した背中の女の脇を通りすぎると
ベビーカーの中にも赤ん坊が……

大変だろうなあ……
でも　やっぱり腹が立つ
気の毒な気もするし……
先が思いやられてしかたがない

待合室にて

診察室前の長い廊下に
ソファーがずらりと並び
たくさんの患者が腰かけて待つ
中学生の息子を連れて私も待っていた

一人の男の子がぐずって大きな声をあげるので
体をおさえつけていた父親は男の子の口を塞いでしまう
子供はもがく
塞ぐ手を放してやるとまた大声をあげる
あやすこともなく　無言のままで口を塞ぐ時間だけが延びてゆく
忙しく行き交う看護師たちも　うんざりと待ちあきた患者たちも
誰もが見て見ぬふり

――どうしたの？
私は席を立って見知らぬ親子にやんわりと声をかける
隣に座っていた私の息子がぎょっとする
――お母さん……
と男の子が言う
――そう　お母さん待ってるの？
　お母さんもうすぐ来るよ
唖然とする父親から子供をそっと渡してもらう
――ほらほらこんなに汗かいちゃって　暑かったでしょう
背中に手を入れて洋服の間に風を入れてやる
――○○ちゃんお母さんなんて嘘ついているよ
姉らしき隣の少女が父親の耳元でくすくすとささやく
子供は私に抱かれたままできょとんとしている
興奮がおさまったようなので父親に渡すと
すまなそうにお辞儀をして子を受け取る
止めもせず　近寄りもせずになりゆきを凝視していた息子は

私がその隣にまた着席すると　黙ったまま知らんぷりを決め込む
（お母さんは……って言わないのね）
私も何事もなかったかのように　知らんぷりを決め込む

嘘も方便

――嘘も方便だかんね
四六時中そう言われ　たんと甘やかされて大きくなった坊やは
すっかり嘘を方便として
友人　知人　親戚　肉親　恋人までも見境なしの手あたり次第
何が嘘やら真《まこと》やら　どうにもこうにも止まらない
こうして　誰にも歯がたたない　手のつけられぬ大人《モンスター》ができあがってしまった
さあ
おろおろしてももう無駄だ
これじゃ悪人　人でなし
それでもかわいいろくでなし

朝（水溜りにて）

アスファルトにできた小さな水溜り
箒《ほうき》のような冬の立ち木を逆さまに映して
青い空も丸く一緒に収まる
風が渡り
さざ波をたてる
小さな青空と肌色の枝は　震えながらささやかな深呼吸をする
丸い小さな鏡は　すぐに元の静けさを取り戻して深く澄み
暖かい冬の日が　また　ひっそりと進んでゆく

朝（ビルの空）

ばら色の朝焼けが　みるみる青くなってゆく
ビルの切れ間を鳥の群れが飛ぶ
先頭に二羽　後ろは横一列
飛びながら先頭は横の隊列に加わり
そのまま一列で空を黒く横断し
旋回するとまた戻ってくる
正直であること
まっすぐなこと
潔《いさぎよ》く　鮮《あざ》やかに
鳥たちは飛ぶ　繰り返し　繰り返し

あの娘《こ》

――なんだ　どうした　今頃
午前中のがらんとした近所の商店に　ふらりと入ってきた少女
店主が声をかける
――うん　今日　卒業式なんだ
――え？　いいのかよ　行かなくて
――「お前なんか来んな」って言われた　前原に
――じゃ　どうすんだよ
――あとで卒業証書送ってくれるって……
うつむいたままでぽそりぽそりと答える
おもわず私がふりむいたもので
口をつぐみ　出て行ってしまった
さぞ　誰かに聞いてもらいたかったのだろう

あれから　何年
あの娘　あれから　どうしただろう
今頃
どこで　どうしてる？

ポンと

ふざけてポンとファイルで息子の頭をたたこうとして
その時　はっと思い出した
六年前の保育室でのこと
かたい本の角を園児の頭めがけて振り降ろした
あの保母の目を
やんちゃなその児《こ》は涙も見せず
キッと瞼《まぶた》を釣り上げていた
あの児はいつもそうだったのか？
大人はいつもそうだったのか？
あの児の目はそれから先もずっと
釣り上がったまま

星

曇った　夕暮れ
沼のごとき体を引きずってなんとか我が家にたどり着けば
天に　たった一つ
鈍く光る星あり

てっせん

今年も見事に咲いた
大輪の白いてっせんが
まぶしくそりかえる
あの角の道を
日に何度も
わくわくしながら往復するのだ

セイ　エクスキュウズミー

休日で混み合ういつものスーパー
このごろ　男性客がとみに増えている
見慣れぬ男が豆腐ケースの前に立ったままで動かない
近寄ってもケースを塞いだまま一歩も譲ってくれない
しかたなく　心の中で「すいません」と言いつつそっと手を伸ばす
――セイ　エクスキュウズミー
低い声
おもわず手をひっこめる
彼は表情ひとつ変えずに豆腐ケースを睨んだまま
しかし　周囲を見まわしても他に人はいない
はて……
やっぱりどう考えてもこの男だ　でも……

そうか　「どうもすいません」　の一言がないと言っているのか……
ズキリと心が痛む
目の前で横から手を出されれば　男にとっては失礼にちがいない
いくら心の中ですいませんと言っても　聞こえるはずはないし……

家に帰って思い返す内に気がついた
思っていることをほとんど口に出さずに過ごしている
知らず知らずに独りよがりで生きていたと

エクスキュウズミー　ミスター！

夕陽色の時

夕陽が好き
あの暖かくて　大きな
すべてを一瞬で懐かしい色にとろけさせてしまう
一日の喧騒《けんそう》のあとに　ご褒美のように訪れる
夕陽色の時が

白い反射

冬陽さす　昼さがり
道も建物も車の屋根も白く光ってやまない
あまりのまぶしさに室内に入ると
カーテン越しの光の束は弱々しくて
床にも届かない

この朝

この朝は　心が定まらない
風にもてあそばれる冬の光は　キラキラと
まぶしすぎる

花の滝

明るい日盛《ひざか》りに
人知れず
音もたてず
やむことなく
散り急ぐ　花びらの群れ

青い空　爽やかな木陰
惜しげもない
薄紅の
花びらの滝

夏

キラリ
夏の匕首《あいくち》　まぶしい光
風を焦がし
皮膚を焼き
あっけらかんと燃え尽きる
明るい夏が　またやってきた

コスモスⅡ

あの日
風に揺れてたよりなげだった　コスモスの花は
今日
天に向かって咲き誇っている
私は　コスモスが好きだ

嘘

――かわいくてかわいくて　しようがないんだよ
（嘘　自分の思い通りにいっている時だけ）
――かわいいから文句を言うんだ
（お気に召さなければ　憎くてどうしようもない）
――心配なんだよ　かわいいから
（でも彼は　自分の足で自分勝手に歩きたがってる）
――みすみす苦労をさせたくないのさ　つまらぬことで

子も親も　てんで勝手に突っ走る
大切なのは　それぞれの　自分の感情だけ
そのたびに揉め　わめき　逃げ　罵り　追いかける

みんな　嘘つき

相手のことなんか　ちっとも思っちゃいない
自分が　こうしたいと思うことばかり

なのに

人のせいなんかにするなよ！

争い

明日も仕事があるというのに
深夜になっても戻らぬ息子
運転している車の保険の対象者にもなっていない
けっこうぐっすりと眠っていた夫がむっくりと起きだして　テレビをつける
——友達に電話しろ
　一緒に探しに行こう
（また始まった）
しぶしぶかけた私の受話器をひったくる
——俺が電話する
　馬鹿やろう　おまえ……
ひとしきりやるとまた布団にもぐりこむ
未明にようやく戻ってきた息子は

その兄に鍵だけ渡して　そのまま仕事場へ向かって行った
ああ　これでようやく眠れると思った瞬間
眠っているとばかり思っていた夫が起き出す
──なぜ　家に上がらせなかった
　今までどこにいたのか聞いたのか
　あいつは謝ったのか
彼の携帯にかけるなり怒鳴り始める
それから私に
──今からすぐ追いかけるぞ　友達に電話をしろよ
たまりかねて咎めると、興奮は絶頂に

こうして　また　朝まで眠れない
息子が十五の時からずっとこの調子
こんなことで息子が急にものわかり良くなるはずもなく
どこまで追い詰めれば気が済むのか
夫の気が済んだ時には　息子の息の根が止まり
きっと　それでも

彼は自分の息の根が止まるよりはマシだと思うのだろう
いや　恐らく　先に私の呼吸が止まる
また　胸が苦しい
私の心臓はもう何度もエラーを繰り返す
それが
どんなに
苦しいことか……

子供

カネ　カネと言うから
親を捨てるかもしれないのだそうだ
カネがないのは
親の罪
ないのにあるふりをしていたのは
嘘つき
カネがないので「ない」と言ったら
言いすぎ
そんなつもりはなくて唯一生懸命だったのだが
我慢をさせ続けた

夫と姑の気まぐれで大袈裟な甘やかしに黙って付き合いながらも
子供と家族のためだけに全能力を使ってやってきたつもりだった

他に方法がなかったからとはいえ　何もかも中途半端
その結果として私一人が皆から責められる
中途半端な人格のまま　何もかも誰かのせいにして
ただ恨みを続ける子供
子供
子供
子供……

遊園地

――俺　あんまり　遊園地好きじゃないんだ
――え？
――彼女が行きたがるから一緒に行くけど
――そうだったの
彼が幼かった頃　夫は義務のように　明日は遊園地に行くぞと言った
明日の金もないのに……
子供が喜ぶと信じていたから　有り金を持ってついてゆく
私であれ子供であれ　躊躇する気配をわずかにでも臭わせた途端に　夫は暴発する
――なんだ　嫌なのか　じゃあ　止《や》めだ　俺だって
「俺だって好きなことをしたかったのに無理をして」とでも言いたかったに違いない
父親にそんなことを言われる息子の気持ちは察するに余りあり
怒らせないように細心の注意を払って同行した

息子よ　私も　遊園地　好きじゃなかったのよ

通勤の朝

息子を駅でおろす
――行ってきます
――じゃあね　気をつけて
と発進して十秒
バタン
車の後ろに衝撃を受けたので急停車する
息せききった息子の顔が現れ
――お母さん　お金
――何かがぶつかったのよ　車に
――ああ鞄
――え？
――俺の鞄
――どうして？

――行かれちゃうから　三千円貰わないうちに
――？？？　車が……それであんた鞄は？
――え？　どこだろう？
――どこやったのよ　あんたの鞄　車も壊れちゃうし…
――あ　あったあった
――鞄の方が大事でしょうが
――ああそうか
――なくなってもいいの？
――いや
――車だってだめになるでしょう　全く……
――早く三千円
癪に障って仕方がないのに三千円を渡す
受け取るとすぐに彼は駅に消える

喧嘩

つまらぬ言い合いが兄弟げんかの始まりだった
――おまえなんか弱いくせに　謝れ　外に出ろよ　タイマンだ
――しつこいやつだな
とうとう見かねて間に入るのだが　私もいつの間にか興奮しきり
――そんなに喧嘩ばかりするんなら　二人とも出て行け
――ああ出ていくよ　やってられるかよこんな家
弟は勢いに任せて身支度をする
――俺は出て行ってもいいけど　お母さんが後悔するよ
と兄
――みっともないよ　お母さん
――どうしてみっともないのよ
――悪口になるから言えない
そんな風にして困った人も助けられない　それがみっともない

――みっともないって言うのはね　一人前の体力も気力も学力もあるくせに
自分で稼いでそのお金で一人でやってゆこうとしないこと
兄と私が言い合いをしている間に　弟はテレビゲームに夢中になっていた
訳のわからぬ御託を並べていた兄も平然としている
かっかしているのは私一人だけ
煙にまかれて気勢をそがれて
まだ腹が立つやら　ほっとするやら……

お金

ようやく我が家の車庫に車を入れて降りようとすると
どこから現れたのか　息子が助手席に乗り込んでくる

――お母さんがけちけちするから
俺は歯止めが利かなくなって　こんなになってしまったんだ

――……あ　そう……
私が降りようとするのを押し留めるように猛然としゃべりだす

――小さい時から変な服ばかり着させられて
他の人は欲しい物を簡単に買ってもらっていたのに
ダメダメばっかりで
俺はねばってねばって　ようやくひとつだけ手にいれることができたんだ
本当はね　みんな結構しまりやなんだよ　俺の周りは

だけど　俺は　いつも　ダメダメって言われてて……
だから　こんなに歯止めがきかなくなってしまって……
お母さんが悪い　お母さんが悪い　親が悪いから　俺は止まらない
日頃のポーカーフェースの両眼から堰を切ったように涙が落ち
上気しながら　吠えるように同じ言葉を繰り返す

何があったのだろう

私は彼にそんなに悪いことをしてきたのだろうか
私は私のできる精いっぱいのことをしてやってきた
家族が無事に生き延びてゆくための
子供たちが幸せな子供時代を送るための

ところが　目の前でもんどりをうって泣く子の苦しみ方はどうだ
つらかろう
耐えられないのか？
自分の業に気がついたの？　――業にもいろいろあるもんだ

告白？　言い訳？　なすりつけ？
責められるまま　受け入れられるのか　この不条理を
なんだか　馬鹿馬鹿しいが　かわいそうでもある
本気で私の謝罪が欲しいのか？
あほらしくもあり
情けないやら
気の毒やら
腹立たしいやら

すべての台詞をぐっと腹に呑み込んで
彼の言うがままをただ黙って聴いていた
彼の気が済んだらしいと認めると
私は一人傷ついてそっと車を降りる

いつも　いつだって　誰もが私を非難する
たとえ千の非難を母が一身に受けたとしても
子の世界は変わらない

自分のしたことは自ら解決するしかないと気がつくのは
いつ？
幸福はそこから先にあるというのに
何を望んでそんなに泣き続けているの？

息子よ

息子よ
お前は親が好きじゃないと言う
そうだね
と私は応える
嫌いだと言ってから傷ついているお前
もういいのに　もういいんだよと言っても　お前は考え続ける
親のこと　まだ見ぬ自分の息子のこと

俺は……
現実のていたらくに絶望しながらも　未来へ希望《のぞみ》を抱く
今　お前が歯軋りして欲しがっているモノには
恐らく何の意味もないだろう
手に入らないから欲しいだけで

手に入ったとしても　満足感に浸り続けることはできまい

お前の恋い焦がれる宝石のようなモノが
熱い手の平の上でジュッと音をたてて消えて
何もなくなった手の平を
お前は穴のあくほど見つめることになるだろう

息子よ
親を踏み台にするからそうなるのだ
そんなに嫌な親を
（そうしてまた自らも勘違いした親になって
　勘違いした宝石を息子に押し付けようとしたりするだろう）
それはつまらないことだよ

だから息子よ
親へのこだわりを捨てて
欲へのこだわりを捨てて

もっとよく目を見開いてごらん
お前はこれまで私の生きがいだった
私はお前のおかげでここまで来ることができた
これからだってお前が生きているというだけで
私は生きてゆける
お前は親の生き方に文句があるのだろうが
私はお前が自分の力で
何ものにもとらわれず
自由に　思う存分生きてくれればと願うのみだ

帰郷

後悔

後悔なんて大嫌い
後悔からは　何も生まれない
後悔するくらいなら　最初からやらなければいいんだ　そういうことは

ようく考えてからやったこと
とっさの決断にせまられて　うっかりやったこと
ぼんやりしていたために……
疲れ果てていた時に……
何となく流されて……
いやいや健康と自信に満ち満ちている時でさえ
渦まく野望に呑み込まれて……

過去のいろいろな時にやってしまったいろいろなあやまちを

思い返し　考え直し　正誤を判定したあとに残った滓《かす》が後悔？
その正解・不正解を決めるのは自分？　それとも社会？

老いてしまった自分が　若かった自分をかえりみる時
やらなきゃよかったと思うことは　やってみたからわかったことで
やっておけばよかったと思うことは　やってはいないので判断をつけられない
ましてや　自分一人の意思だけで生きてこられたわけじゃなし
偶然や必然の大きなうねりの中で
特別賢く生まれてきたわけでもなく
とびっきり頑丈でもなかったひ弱な自分が
目に見えぬ大きな力や周りの人たちに守られながら
とにかくここまで導かれてきたのに
そんなちっぽけな自分の行動のいくつかだけにこだわって
いつまでも　うじうじとうずくまっていていいものか？
大切なのは　次のステップを踏むための決断と実行

だから

後悔なんて　大嫌い
後悔の海の底にいつまでも沈んでいたなら
ぶよぶよに腐ってどろどろに溶けてゆくだけ

明日へ踏み出すだいじな一歩を
どうして　前へ踏み出さずにいられようか

雨の花

真紅《しんく》のだぶだぶのレインコート
サッカー選手が着るような
ごわごわぱりぱりで
あまりの赤さに手を通しかねていたのだが……

激しい雨をよせつけもせず　使うにつけても頼もしく
雨の日の味方　なくてはならないものになった
ひどい汚れに耐えて　明るく　ひるまない配達の友
ある日　派手好きの次男がこっそり拝借していって
それっきり行方不明になってしまった　レインコート

長の年月過ぎゆけば
私は配達もうしない

買った主人も　もう他人
子らも遠い空の下

そぼふる雨にぐっしょり濡れて
すっくと立った真紅のレインコート
いとしき季節の
どしゃぶりの花

苦労

――いいわねえ　あんたには何の苦労もなくて
――ええ？　そんなふうに見えます　私
――ああ　何の心配もなさそう
――そんな……
――あんたを見ていると　そう思うよ

家族からひとり離れた私
星の数ほどの気苦労からは　確かに離れられたけれど
代わりにやってきたのはひどいコンプレックス
（だってだって……）
自分を正当化するための言い訳を考え続ける毎日
なんてざまだろう
熟考の末の結論がコレだったのだから

「まあ　なんの苦労もなさそう」
それでいいじゃないか

どんなにうるさく電話やメールがかかってきても
結論は同じ　変わるはずもない
それなのにすっかり落ち込んでいる

新しい仕事は厳しい
そこで同僚から家族の愚痴やぼやきばかり聞かされて
いいなあと思う
愛する者たちに囲まれて　支え支えられて過ごす日々
みなさん頑張って偉いなあとほほ笑んでいたら
何の苦労もなさそうと羨ましがられた

ガラス玉の目

ぽったりたらこ唇の女が
上目遣いで射すくめる
口調は慇懃無礼《いんぎんぶれい》
低い早口
むき出しの好奇心
敵意
決め付け
なすりつけ
サボり　くどき　嘆き　陰口　説教　脅迫　言い訳……
際限のない意地悪　弱い者いじめ　新人いじめ

——プライベートなことなんで大変申し訳ないんですが
聞いてもいいですか？

別居しているって聞いたんですが本当ですか?
別れて住んでいるけど離婚したんですか?
じゃ　別れているけど離婚していないんですね
だって　向こうにも老人がいるっていうのにどうしてこっちに来ているんですか?
じゃ　年寄りは誰が面倒見ているんですか?
わからないなあ
自分のお金は全部自分で自由に使っているわけ?　え?
あなたのお金でこっちの親を面倒見ているわけ?

いやあ　プライベートなことなのに聞いてすいませんでした

冬の朝

冬木立に朝陽が差し込めば
木に残った少ない葉も光を受けて
濃く　透けてと　一枚一枚がそれぞれに輝く

自転車に乗った若者が日陰より走り来て
日向《ひなた》へと駆け抜けて行く
濃く　まぶしく

信号のない横断歩道

その子は信号のない横断歩道に立っていた
車が行き交う四車線の道をほんの半歩踏み出した恰好のままで
通りがかった運転手たちはぎょっとしてスピードを落とし
少年の動行を凝視するが　渡ろうとしないままなので
迷ったあげくにゆるゆると大きなカーブを描いてよけて通る

夕方に近づき　日が蔭ってきた
風はまだ冷たく　強い
少年の半コートの片袖だけが肩から脱げて地面の上で風にもてあそばれている
太い棒状の涙のあとが乾いてこびりついた幼い両頬
（一体　どれほど……）
歩道の反対側　低いブロックの仕切りの上に
どっかと腰をおろした中年の女と　その傍に立つやや年上の少年

そこには陽がまだかすかに残っていて
女はそしらぬ顔であらぬ方を見ている

そうか
茫然《ぼうぜん》自失《じしつ》で立ちつくす少年の　救いを求める心はそこに
少年を見ようともしない　うすら笑いのその女の上に……

ゴンドラ

今宵の月は薄いゴンドラ
風にふかれる雲まに　ぼんやりと浮かぶ
わびしきゴンドラに見送られて
家路をゆこう

浅き春
まぶしき光も　夜には凍る
今宵も布団の中で
幼いあこ抱く夢を見ん

月のゆりかご　ゴンドラよ
甘く楽しいひと時を

鬼の棲みか

コツ　コツ　コツ
がらんとした大きな建物の前を　幼い息子の手を引いて通りかかる
辺りにひとっ子ひとりいるじゃなし……
突然　建物の二階から人々が先を争って逃げ降りてくる
あっけにとられていると　手を引いていたおさな子がいない
見上げると　彼はもう十五、六の少年になっていて
白いコックコートを着て　二階の踊り場にしゃがみこんでいる
恐怖でひきつった避難する群集を尻目に
みかんをほおばっている
　なにを暢気な……
山積みの野菜を背にして仕事の指示を待っている様子だ
——早く降りておいで！
下から必死で呼ぶのだけれど

みかんの皮をゆっくりとむいてうまそうに口に運ぶばかり
　焦るは焦る
　怖いは怖い
階段をかろうじて数段上って
宥めて　すかして　急かして　脅して　叱るのだが
子供は全くどこ吹く風
私の鼓動は限界を超えて
興奮したまま目が覚める

大声なんか出していないで
どうして私は引きずり降ろさなかったのだろう
しっかりと昇っていって
手を引いて
こちらまで連れて降ろして……

布団の中で目を見開いて　私は私を責め続ける

床《とこ》の中

寂しげな幼児をうち抱き
あまりに切なくて目が覚める

あこは二十四

共に過ごした　いとしい日々
共に流した　楽しい涙
なんの悔いがあるものか

そう呟いて
ひとり床の中

憂《うれ》い顔の

憂い顔の幼児《おさなご》を
身を焦がす　その震える体を
かき抱いて
夢の中

慰め
謝る
心をこめて
夢の中

あはれ
苦しき心と心
重ね合せる

夢の中

夢

私は家で何やらそわそわ
早く着替えて仕事に行かねばならないというのに
洗濯なんぞをやっている
やがて　車で戻ってきた夫と姑
親子喧嘩の真っ最中
二人の間に萎れた　串刺し団子の青い顔
不毛なやりとりを哀しく受けとめ
ぐったりと色を失っている
おお我が子よ
あわてて抱きしめるちいさな命
声を失った絶望の心
（おまえは　おまえを……）
抱いて　抱きつかれて

求めて　求められても　すでに手遅れなのか
子供の心は漂い　さまよい　かすかに安堵をするものの……
（守ろう　守りたい）
守られたい　助けてとたしかにきこえるお前の声
それなのに　抱きあうふたりの力は弱くて
（おまえはずっと前から求めていたのに
もう諦めて　私を当てにしなくなってしまったのか）
それとも私の力が弱すぎて
どこまでおまえに届いているのか
わからないよ

アルバム

アルバムが無残に引き剝がされてしまったからといって
どうってこと　ないでしょう？
家族が育んできた歴史まで引き剝がされたわけじゃなし
家族は見事にばらばらに離れて
（……あるいは　私がそうさせた？
　毎年大晦日に寝ずにアルバム整理をしてきた私が……
　とは　私は絶対に思っていないのだけれど……）

みんながそれぞれ努力もしたけれど
我慢も足りなかった
こうなる流れに竿させなかった
よほど力を合わせない限り
そういう流れには呑み込まれてしまう

そうじゃない？

だから
大切なアルバムが無残に引き剝がされてしまったからといって
もう　何も思うまいよ
それぞれの心の中に何が残っているのか
気になるのはそのことばかり

当たり前

夏は日がな一日海で遊び
疲れた夕暮れ　団扇を持って蛍を追った
笑いころげた　汗だくの日々

冬のある朝　目覚めると突然の大雪で
登校した校庭は雪野原
ランドセルごと仰向けになると
ふんわりと優しい雪のクッション
白く　眩しく　ピンと張り詰めた大気

寝る時も　食べる時も　家族に囲まれ
遊ぶ時　ふざける時　友がいた
家の前に海が広がり　後ろに山が控える

天空を鳶が舞い　雲が流れ　草木が揺れた

そんなのいつも当たり前
ずうっとそうだと思っていた
変わり映えのしないざわめきの中で
変わり映えのしない日常を
ずうっと生きてゆくのだと思っていた

故郷を離れて　気がつけば
――そんなの　アタマエでしょ
足元で幼子が癇癪もちのお兄ちゃんを　舌足らずに諌めている
私も　支えられていた者から支える者に代わっていた
ずっと隣にいてくれると思っていた人たちは
もう一人も見当たらない

時の流れの中で必死に守る新しい揺りかご
嵐に揉まれる小さな舟で

手足踏ん張り　子供ら守り
自分もこうして守られていたのだと
気がついた

あの時
いつも隣にいて当たり前だと思っていたけれど
友よ
ああいう風に語ったり　一緒に歩いたり　笑ったり　争ったり
そんなことって　もうないんだろうね

だけど　友よ
あの時の空気は忘れない
今も匂いが漂ってくる

欠席

ともよさんは無口で影が薄い生徒だった
中学を卒業して四十年もたった同級会の案内状に「欠席」と書かれた返信が届く
皆の前で読み上げられたその文面では
小・中学校時代の思い出が嫌で　今も苦しめられているという
彼女が嫌われ　いじめられていたことを私は全く知らなかった
ほとんどの人も驚きをもってそれを聞いた
私はいつも自分のことに夢中になりすぎていて
周りの雰囲気を敏感に察することがなかった

でも　その日出席して大はしゃぎしていたまっちゃんのことならよく知っている
まっちゃんとは同じ小学校だったから

小学校の高学年になってすぐ

まっちゃんがいじめられるのを見かねた　担任でもない女教師二人が
私と峯《みね》ちゃんときっちゃんの三人をよびだして　職員室でお説教をした
当時私と峯ちゃんは仲良しだった
まっちゃんはいじめられっぱなしではなく　きちんと言い返しをしていたから
それまであまり気にしてはいなかったのだが　主に男子に馬鹿にされていて
よく気を付けてみると　女子ではきっちゃんがいじめる人だった
お説教されている間　峯ちゃんときっちゃんは泣きっ放しで
私は不思議な気持ちでそれを眺めていた

その日から　私と峯ちゃんはまっちゃんをきっちゃんから守ることにして
放課後は必ず三人で一緒に遊んだ
ところがまっちゃんには私たちの気持ちは伝わらず
遊び疲れた帰り道で　ふらふらときっちゃんに近寄っていく
家が近所だからしかたがないけれど
いくらいじめられるからと忠告をしても　効き目がない
私と峯ちゃんは遊びながら刺激を受けあって　どんどん楽しくのめりこめるのだが
その楽しさはまっちゃんにはよく伝わらないようだった

まっちゃんも楽しめるようにいろいろとやってみたのだが　どれも上手くゆかず
結局　いつのまにか前と変わらない日常が繰り返されていた
たくましくいじめられつづけるまっちゃんを
私は学校やクラスではさりげなく庇うように心がけていた

ところが中学生になってからは
部活できっちゃんが意地悪くしごいていたと　今頃になって耳にして　呆れた

今日の同級会でまっちゃんは誰よりも晴れ晴れとしている
面食らうほどのハイテンションだ
初孫が生まれて幸福の極み
全身から自信がみなぎっている
一方　きっちゃんは思いの外の早世《そうせい》だったと聞く
これも意外であった

もっと低学年の頃
弱気でひどくいじめられていたなみちゃんを

誰に言われたわけでもないのに私はたった一人で必死に庇っていた
なみちゃんは今では立派な職業婦人で
私の目をきちんと見てきっぱりと言う
「私　この仕事好きだわ」
とても頼もしい

「でも　人助けをしたって言ってはいけないよ
だって　他のクラスとか自分の知らないところでいじめられている子もいるし
そういう子は助けてあげられないんだから
やっぱり　人助けをしたって言っちゃあいけないよ」

ともよさんの欠席届でふと思い出した
不登校で引きこもってしまった高校生が
当初一切口をきかなくて　さんざん手間取った末にかろうじて言った言葉
「人助けをしたことがあるか？」
人助けに興味があったようだ

同じ時代に同じ空間で同じ空気を吸いながら同じ体験をした
ともに笑い　涙したといつのまにか信じこんでいたけれど
たしかに
それぞれが　それぞれの思い込みの世界で生きていただけなのかもしれない
亡くなった友は　もう戻らない
過ぎ去った時間も……
今を生きている私たちができることは何だろう
その時　出席していた人たちは押し黙ってしまったが
思ったことは一つだった
「なんとか　暖かい言葉をともよさんにかけてあげたいものだ」と
もう金輪際ほっといてくれと言う彼女に……

工事

昔　電話工事に来た二人組
若いあんちゃんとくたびれた老人
同じ制服で玄関に現れたのだが
あんちゃんは老人をおいてけぼりで八面六臂《はちめんろっぴ》の大活躍
通りすがるたびに老人をうとましそうに見る
自分独りだけが大変で　相棒は役たたずで邪魔でしかないと言わんばかりに　大きく溜息をつく
そうでしょうと　私に同情を求める目つきまでよこして
老人はどういう表情をしたらいいのか見当さえつかず　困って　ただ立っていた
立場がないとはああいうことなのだろう……
私も露骨なことこそしなかったが　青年期には似たような感覚を持った覚えがある
きっと皆さんもそうだろう

気力と体力が体じゅうにみなぎって充実し　輝き
何でも独りでできると思い上がってしまう
そんな人生の季節には

しかし
時は走る
輝きは瞬時に失われて　色褪せた長い時間だけがとり残される

あの時のあの若いあんちゃん
今頃　どこでどうしているのかな

バター

バターと塩・胡椒があれば　どんな素材もぐっとデリシャス
イカ・ホタテ・玉葱・牛肉……
そりゃもうきりがないけど
こんがりトーストにバターをたっぷり塗って……
うーん　おいしい
でも　おいしく食べたあとで必ず喉がチクチクして後悔していた
なのに　今日ふと気づいたのだけれど
毎日　バタートーストに飲み物なしで全然平気
とにかくおいしい
どうしたんだろう？
知らぬ間にバターが変わってしまったのか？
それとも私が変わってしまったのか？

流木

平らかな海に低く横たわる防波堤
そこにポツンと刺さる一本の流木は
つるりと白くて　骨のようだ
海岸線を通るたびに
目に飛び込んで突き刺さる

初秋

玄関を出ると
いきなり秋風が吹きつけてくる
近所の軒先にうずくまった　見なれぬ白猫
空には見渡すかぎりのまだらな雲
佐渡の島影がかすかに照り染まりはじめた
弥彦の山のてっぺんにも千切れ雲
白い犬が海を臨んで立っている
白髪の人が自転車に乗って通り過ぎてゆくと
その後を年寄りが着物の前もはだけたままで追いかけてゆく
（あんなに走って　ころばなければいいのだが……）
どんより　ひんやりと
初秋の朝が廻りだした

朝（トレーラー）

背高《せいたか》のっぽのトレーラー
ぴかぴかな後ろの扉いちめんに
空や雲　道路　行き交う車　家並みや草木や花たちを映しては
捨て去りながら走ってゆく

異郷

花を買う

花を買う
飾ってしばらくはいい気分
やがて花はしぼみ　みすぼらしくなり
汚らしい
捨てて　また花を買う

服を買う
すぐに着て　人に褒められてとてもいい気分
やがて服は汚れるし　飽きてしまう
捨てて　別の服を買って着て
また気分転換ができた

ピカピカとしたものを手に入れると　ピカピカ気分

汚れたものなんかには　即さようなら
気分爽快
鼻歌まじり
一日が素晴らしい

しかし
見るのも嫌なのに　捨てられないものがある

年寄り
病気
夫
子供
思い出

それらが役に立っているうちはいいのだけれど
てんでが騒ぎ立て始めでもしようものなら
もう　逃げ出すしか手はない

一日中ブツブツ文句の苦虫気分

嫌い！

年寄り嫌い
母親嫌い
うるさい子供も嫌い
夫はもちろん！

私を褒めて
ねえ　誰か私を有頂天にさせて
悪口言ったり　批判したりしないでよ

私は素敵
私は偉い
私が凄い

あの人たちはレベルが低くて
役には立たず
見た目も汚いし
悪いことばかり企んで
臭くてそりゃもうどうしようもないから

だからねえ　誰か
いつも私を助けてよ！

美徳

ものがなかった時代には　我慢が美徳
家や地域のつながりが大切だった時には　礼儀正しさが美徳
力を合わせなければ何事も成しえなかった時代には　協働が美徳

商品で溢れている今は　消費が美徳
個性を発揮しなくてはならないので　ユニーク《めだつ》が美徳
成功するためには　競り勝つことが美徳

目まぐるしく変わる人間の営み
目まぐるしく変わる時代の美徳

あなたが生きてきた美徳は
子供が今生きている美徳と反りが合わない

かつて両親と私が揉め
今私と子供たちが揉めているように

ところで
美徳はその後　どこへ行ってしまったのであろうか？

方程式

倹約をしなければならない
よく考えて無駄を省き　質素に暮らす
それには目先の欲しいものを我慢しなければ
自分でできることは自分で工夫をして

そんなことを言われても
欲するままをやって愉快に楽しく生きている人たちもいる
いいなあ
うらやましいなあ
と思って眺めてはいたが
我が家では　曾祖母が「だめ」と言えば諦めるしかなかった
幼い頃のそういう記憶が頭の隅にいつもあった

実際には生活に窮していたわけでもなく
むしろ物質的にも精神的にもその上環境空間までもが豊かで
今となっては贅沢とも言えるほどの子供時代だったのだが
現代の贅を尽くすという意味での贅沢とは異質の
もはや取り戻すことができない芳醇濃厚な豊かさという意味での贅沢だ
成人すると　子供の頃のたくさんの不満はいつの間にか忘れてしまい
威張って君臨していた曾祖母の細やかさに感謝さえ覚えていた

しかし　嫁ぎ先の様子はまるで違っていた
曾祖母などいなかったし
両親が奴隷か家来のように子供のご機嫌取りに終始する家庭だった
その一方で子供の心は乗っ取って強引に支配をしようともしていた
こうなると愛情の定義さえも真逆
善は悪
悪は善
与えるだけの親と
与えられるだけの子

さて　自分が子育てをする段になると迷走が始まった
そんな時に
「愛情もモノもケチケチ与える」という考えに出会い
これだ！　と思った
ケチケチの意味は恐らく「宝物としての価値を認めて大切に与える」だろう
子供がつまらないものをやたらと欲しがった時には
「今ちょっと我慢すれば　将来とても幸せになれるんだよ」と言ってやった

こんなに価値観が違う大人たちの混沌をまともに受けて
四苦八苦の経済状況も手伝い
子供は　親が貧乏で我慢ばかりさせられたといつまでも恨む

私はその場しのぎの嘘を言ってごまかしたわけではなく
自分の信じることを言って聞かせているつもりだったが
それが私の未熟さだったと　今頃になれば気がつく
私もやっぱり親の都合を押し付けて
子供の気持ちを無視していた

相手の気持ちをもう少し
ほんの少しだけ受け入れてあげれば良かったのだろう
この　ほんの少し　がとても難しい

若かった私は　正しい子育てのやり方がどこかにあって
それさえわかってそれに従ってやりさえすれば
上手くゆくはずだと信じていた
だが　それを見つけることはなかった

幸せって何だろうね

私たちの家庭は崩壊して
成人していたけれども独り立ちしていなかった子供たちは
よりどころを失った
支え合いはバランスがとれているからできることで
私たちはただ寄りかかりあっていただけだから
いずれ倒れるのは目に見えていたけれど…

倒れてしまえば
あとは独り独りがそれぞれに起き上がって歩くだけ
独りの体力
独りの判断力
独りの意思の力で
家庭を失ったものだけが思い知らされる孤独感を抱えて……

暖かい心安らぐあの空間は　互いの努力なしでは維持されないのだ

その後更なるそれぞれの長い迷走を経るうちには
夫の寿命が尽き　姑の長寿も終わりを告げ
子供たちとばらばらに生活してはいるものの
ようやく　面と向かって文句を言われない時が訪れた
「ありがとう」の言葉が私たちの間をごく自然に行き交っている
ヒトのせいにできなくなって
自分で耐えて歩いて

ヒトのせいにしなくなり
「ありがとう」を見つけることができた

百め柿

「百め柿がいいんだよ。柿を植えるんだったら、絶対に百め柿」
姑は庭作りに夢中だった
期待の百め柿も順調に育ち　ようやく実をつけるまでになった
何につけても口を挟む夫は
「俺は別の柿にしたかったのに……」
初めての実は渋かった
夫は文句の言いどおし
二人の言い争いはこれに始まったことではない
来る日も来る日も同じ言葉の応酬

柿は年々より大粒になってゆき
霜に当ててから収穫すると甘くなると教えてもらった

姑が夢に見たのは　子供時代の大きな屋敷の立派な百め柿
その柿の実の得も言われぬ旨さ……

今　夫なく　姑なく　庭なく　家なく……
巻に柿が実ると　耳によみがえるのは
かまびすしく争う二人の会話

勿体ない

晩秋　軒下に柿をたわわに実らせた家を見ると
「ほらほら　見てごらん」
母が指を指す
行く先々で同じように興奮をする
「取らないのかねえ　勿体ないねえ……」

誰でも何でもこの頃はスーパーやコンビニなどで
忙しい日常の合間にさっさと買い物を済ませて
その日一日の営みをなんとか終わらせている

冬に向かう景色の中で
ひときわ目をひく　柿の赤
木にぶら下がったままの実は　しまいには朽ちて地面に落ちてゆくのだが

鳥たちには大ご馳走
山の奥でどんぐりの不作に泣く熊たちの垂涎の滋味
自然が与えた　すべてのものたちへの　天の恵み
それが母にはわかるのだ

毎秋　干し柿や樽柿を父と二人でこさえては
冬の間中それを味わって楽しんでいた
熊や鳥たちと大して変わらない

父が亡くなってからも
母は実った柿を見ると
「ほらほら」と言わずにはおかなかった

サイレント

朝　登校のために集まっている近所の小学生たち
皆が揃うのを待っている
かと思っていたら……
いつの間にか行ってしまっていた
途中まで付き添う当番の母親が送り終えて戻りながら
「おはようございます」
声をかけられて初めて登校したのに気がついた

そういえば
小学生たちは毎朝無言
そろって歩き出しても　下ばかり見ている
まるでお葬式にでも行くようだ

それでも
下校する時には　解放感に満ちている
集団ではないので　思い思いにバラバラと歩いてくる

夕暮れ時には　女子中学生たちがいつものみちばたに
スカートのまま座り込んでいつまでもお喋りをしている

コロナ禍が続いて　世の中からお喋りが消えた
電車の中では　どんなに混んでいても人の声はしない
びっしりと詰め込まれたまま　走行音と発車停車時のアナウンスだけを聞いている
ほとんどの乗客は　大人から子供まで携帯をいじっているから
乗っている間も　結局はどこかに繋がっているのだろうけれど

ある方が野菜を下さるというので行ってみると
お婆さんが待っていた
「近所のお兄さんがドカッと置いていくのよ。
誰ともお付き合いがない人。

仕事先で不要になったモノなんだって。
だから私がこうして近所に配っているの。
ほら、行けば……うふふふ……
いろいろ　お喋りができるでしょう……」
とても九十歳には見えない　溌剌としている
私がそう言うと　彼女はまた愉快そうに笑った

頑張れ
お婆さん！

どんぐり

公園に足を踏み入れると　靴底にコリっと小粒な何かが当たる
足元に目をやると一面のどんぐり
「おや　まあ　ほらほら」
幼いマコに拾って渡すと　マコはすぐにどんぐりを拾い始める
ひと粒拾っては私の手のひらにのせて
手のひらはすぐにいっぱいになってしまった
さあどうしましょう
持ち帰る方法をあれこれ思案していると
マコが突然手のひらのどんぐりを払ってしまう
え？
せっかく集めたのに……
「いらないの？　お家に持って帰ろうか？」
マコはきっぱりと首を振る

そして
両手を私に差し出す

公園に入った時には何も持っていなかった
ところが一旦何かを手にしてしまうと身動きがとれなくなり
それを　柔らかい小さい指がきれいさっぱり払いのけてくれた

そうか
そうだよね！
差し出された手をすくいあげて
マコを抱っこする

心たち

隣の集合住宅の前で終日工事の音がしていた
機械が何かを掘るか削って切断しようとしているらしい
小休みしては人の声がする
出てみるとフェンスの足元の頑丈なコンクリートを崩している
夕方通りかかるとフェンス塀の切り取られた所に
真新しいステンレスのごみ箱がまだビニールに包まれたままで収まっていた
家の中にいてさえ　抵抗する塀と立ち向かう機械　それを操る人のやりとりが伝わってきた
工事が終わって　ちょこんと置かれたごみ箱を見ると妙にほっとする
これでもう　あの音のやり取りを聞かずに済む
これだけの仕事をするために　あの工事人はどれだけの心をすり減らしたのだろう

見渡せば辺り一面建物だらけ
この住宅街ができ上がるために　どれほどの人と機械と土地や草木などの心が消耗されたのだ

ろうか
消耗で疲弊した人の心にはお金で対価が支払われ
彼らの毎日の生計はそれで賄われる
美しく立派な都市が生まれ
老朽化すると取り壊され
また新たに生まれ変わってゆく
そのたびに心たちは戦う
止《や》むことなく　心たちは戦う

耳物語——耳よりでない耳の話

耳鳴りで受診をして薬を処方され「何かあったらまた来てください」と言われた
改善がなかったので再び来院したら医師にひどく叱られた

その人は医師のあまりの剣幕にトラウマになったという

なぜ医師は激怒したのだろう
耳の病気はつらい
耳鳴りは休む間もなく頭中に響き渡り　何事も考えられなくし
時にはめまいや吐き気も起こす
その切なさを診察室で切々と訴える患者
医師は検査をして命にかかわらないと診断したものの　打つ手がないので
薬の効き目がない場合には　治らないものと思って諦めてほしいのだが
そうとは言えないために　いらいらを爆発させたのかもしれない

頭が自分の耳鳴りだけでいっぱいの患者には医師の思惑が伝わらなかったらしい

おそらく命にかかわらない病気とは仲良く共存しなければならないのだろう
それは本人自らが悟らなければならないことで　誰も教えてあげられないことなのか……
自ら悟るには長い年月が必要で　その間の辛抱は大変なものだ

誰かに助けてほしいとすがる気持ちは人情
不安を早く取り除きたいと思うのも人情

まるで耳よりでない　耳くそ話でした

甘露　甘露というだろう

「ギャー」
何が起こった？
「虫がいる！」
虫がどうした？
「ダンゴムシがこんなにいっぱい！」
置きポールをずらしてどけた跡にダンゴムシがうじゃうじゃ
彼らは湿った所でしか生きられないからそこを棲みかとしていたのだ
草をむしったら小さいカタツムリがいっぱい現れた
「かわいい！」
しかし　草をむしったから　もう彼らの棲みかはない
蟻が履物の上まで這い上がってきたと　また騒ぐ
家庭菜園の小さな畑をしばらくご無沙汰していたら

育ち過ぎたブロッコリーが木になって花盛り
夏に十株植えたら見事に虫や鳥たちに若芽を食べつくされ
かろうじて残った二株を大切に守った
成長が遅くて諦めていたものを　見事に冬を乗り切り　太く大きくなった
でもこうなっては役に立たない
今や畑の邪魔者
なぎ倒し始めると耳元でブンブンうるさい羽音が始まった
夢中でなんとか根元まで引き抜いて放り投げると
そこに小さい蜂たちが集まってきて騒いでいる
蜂が世界中でいなくなったといつかテレビで報道していた
小蜂たちの精いっぱいの主張も耳に届かぬほど始末に没頭していた私
もう一本の始末に取りかかりながらようやく気がついた
しまった！
人間には無用な一本の花咲くブロッコリーだが
小さな蜂たちにはありがたい恵みの園
このブロッコリーがこのまま生きていてくれれば　どんなにいいかわからないほど
やれやれ　この一本だけでも残さなくてはなるまい

ブロッコリーの心と　小蜂たちの心と　人間の私の心

「あ、蜂がいる！」
大きな蜂が一匹小屋の窓の敷居の上にとまっている
「花があるから来ているだけだよ。花がなければ来やしないさ。」
「いや、巣を作ろうとしている。巣を作られたら大変だよ。」
先日は軒下の大きなスズメバチの巣を駆除してもらったばかりだ
「刺されないようにしなくちゃね。」
殺虫スプレーを取りに行っている間に蜂はいなくなっていた
ほっとする

植えた苗が芽吹くと虫が集まる
虫は葉っぱを食べ　あるものは蝶にもなる
苗はやがて花を咲かせる
しかし雨や日光や風だけでなく　蜂や蝶もいなくては実がならない
花を咲かせたい

実もならせたい
でも　虫は困る……と

ヒトの心には　自然の摂理も何もあったもんじゃない
ヒトは殺虫剤や除草剤をまく
ビルディングだらけのジャングルを築く
プランした通りの理想的空間に自分たちだけが快適に住もうとする
ヒト以外のモノたちを排除し尽くして　この先一体　どんな心で生きてゆくのだろう

小さな雑草の花が咲き誇る繁みへボールを落としてしまった少年は
その中に足を踏み入れることができない
拾って渡してやると
「水がついてる！」
水ではない　繁みの露だ
蜂や蝶なら　「甘露　甘露」と言うだろう

「ギャー」
畑の方でまた悲鳴があがる
「ママの怖がる声を聴いているの　実はそんなに嫌でもないんだよねー」
少年はボールを持って坂を登ると畑へ戻る

著者プロフィール

詠瑠（えいる）

新潟県に生まれる。
高校卒業後、進学のために上京。
結婚、出産してからは、育児をしながら仕事に励む。
子育て時期終了後、これまで書きためていた詩を見直し、本作を上梓。

著書 『雲 ―風に吹かれて―』（2022年、文芸社）

甘露というだろう

2024年１月15日　初版第１刷発行

著　者　詠瑠
発行者　瓜谷 綱延
発行所　株式会社文芸社
〒160-0022　東京都新宿区新宿1－10－1
電話　03-5369-3060（代表）
03-5369-2299（販売）

印刷所　株式会社フクイン

ISBN978-4-286-24811-0